LA NOUVELLE BOURGEOISE.

Propos, Pensées et Étrennes

D'UNE PARISIENNE EN 1911

RECUEILLIS PAR

JEANNE BROUSSAN-GAUBERT

Dessins inédits de Mlle Albertine Bernouard.

SE TROUVE

A LA BELLE ÉDITION

71, RUE DES SAINTS-PÈRES, 71,

A PARIS

LA NOUVELLE BOURGEOISE.

LA NOUVELLE BOURGEOISE.

Propos, Pensées et Étrennes

D'UNE PARISIENNE EN 1911

RECUEILLIS PAR

EANNE BROUSSAN-GAUBERT

SE TROUVE

A LA BELLE ÉDITION

71, RUE DES SAINTS-PÈRES, 71,

A PARIS

A Ernest Gaubert,

sa Femme.

❦ Ce ne sont pas les femmes vraiment intelligentes qui essayent de placer toujours la conversation sur un sujet dit « intéressant ». Il est parfois difficile de savoir être futile à propos.

Ⅽ Depuis quelques années, quel goût de lâcheté amollit les courages ? Comme toutes les faiblesses sont sympathiques, parce qu'elles sont *humaines* !

Qui nous arrachera à la Pitié universelle, qui secouera nos rêves malsains ? Qui renouvellera notre compréhension de la vie et de l'art ? Quand ne trouvera-t-on plus, au théâtre, des femmes qui expliquent, en se rapprochant de leur mari trahi : « Je ne l'ai pas trompé : *je me suis trompée moi-même !* »

℄ Il est curieux de constater la défaite de l'énergie, de la sincérité, de la hauteur morale, à une époque où il est à la mode de citer « *Ecce Homo* » ou « *Zarathoustra* ».

℄ Nous avons peur des mots. Au fond, nous éprouvons plus que jamais le besoin de magnifier toutes nos faiblesses humaines, ne sachant plus y résister. Et, forts de ce principe : « *Qui veut faire l'ange fait la bête* » nous trouvons beaucoup plus rapide de commencer par faire la bête.

« Ainsi , vous pourriez vous imaginer que cette femme qui a trompé son mari pour un amant , celui - ci pour son masseur et ce dernier pour une foule d'autres hommes , tout en conservant son agent de change , est digne tout au plus d'être mise à l'étable ? Erreur ! erreur profonde ! Cette femme (et en la définissant , il faut user de majuscules !) est un Être sublime à la poursuite de l'Idéale Sensation , c'est une Vagabonde qui cherche son Étoile , c'est une *Incomprise*...

℃   Avoir mis toute son énergie à poursuivre un but, l'atteindre. Et puis, le contempler avec tristessse en se disant : « Je me suis peut-être trompé ? C'était cet autre qu'il fallait poursuivre ...

℃   En ce moment, me dit un ami, je travaille beaucoup : Pensez à la misère de la courtisane, à l'horrible amour des vieillards, à la brutalité des jeunes gens ! Songez qu'elles ont même une juridiction spéciale. Ah ! les pauvres filles soumises !

J'écris en leur faveur car elles sont bien dignes de pitié. Mais vous semblez distraite, qu'avez-vous ?

— Je songe *avec pitié* aux nombreuses femmes qui n'ont pas été paresseuses, à celles qui, ayant peiné leur vie entière, ne virent jamais leur salaire d'une semaine atteindre vingt francs. Je me rappelle quelques enfants de huit et dix ans qui, visités un jour de Noël, mangèrent *une orange* pour la première fois. »

℃   Notre époque de nivelage par en bas est très sympathique à ces «demoiselles». Mon Dieu , nous ne contestons pas leur utilité . Mais enfin , est - il bien nécessaire de les rencontrer partout ? Des journaux sont pleins des aventures du chien de Mlle X. et des objets perdus de Mlle Z.. On cite leurs déshabillés et les dentelles de leur alcôve . Une femme est jolie , élégante , on le dit : c'est admissible . Il ne s'agit pas tout à fait de cette catégorie.

Cependant , vers cinq heures , il est tacitement interdit à une « femme du monde » de fréquenter certaines voies , car c'est le moment du marché . On cède le pas , sans résister . Et bien , non . Il n'est pas admissible qu'une portion du Paris central soit fermé à certaines heures aux femmes dites honnêtes , c'est-à-dire , à celles qui ne font pas de l'amour un métier , et qui n'ont pas la chance de posséder une voiture , au profit des courtisanes .

Que celles - ci soient parquées ailleurs .
Ce serait plus logique .

Et les agents bénévoles qui contemplent
avec sympathie les habituées du trottoir ne
regarderaient plus d'un œil méprisant et
parfois menaçant, l'audacieuse petite femme qui veut se promener et n'a pas besoin
de posséder un petit casier médical .

❦ On voit des danseuses devenues comédiennes, des tragédiens jouer des revues, des musiciens qui veulent être loués pour leurs œuvres de sculpture, des peintres qui se découvrent musiciens ; des banquiers, non contents d'être riches, se soucient de faire de la littérature, les femmes du monde tournent mal et les « filles du monde » se marient . . .

Hélas ! hélas ! comme nous sommes modestes ! Personne ne sait plus avoir la fierté de son art, de son métier, ni de son amour . . .

❧ La liberté absolue de l'art est rationnelle . Aucune liberté ne serait à craindre en amour si l'amour était toujours sain , vigoureux et loyal .

❧ La loyauté , voilà le seul guide qui ne trompe jamais .

€ Tout comprendre, beaucoup pardonner et beaucoup sourire, ce qui est la même chose, n'impliquent pas forcément la lâcheté. Pas plus qu'un peu de droiture et de sincérité ne sont incompatibles avec l'indulgence, cette sœur païenne de la résignation.

€ Oh ! les jeunes filles qui disent à brûle‑pourpoint : « Que pensez‑vous de Nietszche ? » Oh ! les jeunes femmes qui demandent : « Dites‑nous ce qu'est l'amour ? » ...

❆   Pourquoi une femme qui veut se donner un genre , cherche-t-elle presque toujours à s'en donner un mauvais ?

❆ Il ne faut pas causer de peine autour de soi à condition de ne préparer pour personne aucune souffrance plus grave , dans l'avenir .

Deux impressions de jeune fille :

I

❦ Il est des jours où je suis comme un enfant rêveur et calme, sans regrets, sans désirs, et presque sans pensées, où je ne suis ni malheureuse, ni très heureuse : indifférente. Ces jours-là, je voudrais simplement du silence autour de moi, un soleil pâle effleurant mes cheveux d'une caresse mièvre et personne, oh ! personne ! Et puis, sans même rêver, oublier d'être moi, n'être rien et, pour un moment, me sentir pareille aux saintes d'un vitrail.

II

Une douceur très lente descend
du ciel pâle et des grands bois vermeils.
Une douceur exquise et tendre monte de
la terre avec le brouillard bleu. Une rose,
la dernière, s'est effeuillée quand j'ai
voulu la respirer et son parfum d'une trop
pénétrante intensité, m'a fait fermer les
yeux.

Et, lasse infiniment, m'abandonnant à la triste douceur de l'automne, j'ai pensé que, peut-être, il resterait de mon désir d'amour seulement le souvenir d'une espérance qui, un jour, en s'effeuillant, exhalera un parfum d'une si douloureuse douceur que pour toujours il fera fermer mes yeux.

❡ . . . . La forêt sentait bon la vie.
Je marchais sans ressentir de fatigue, heureuse de me savoir jeune et vivante, telle-
ment vivante, de respirer l'odeur de la
terre humide et des feuilles mortes et ce
je ne sais quoi d'aérien, d'ailé, de chaud,
de parfumé, qui me pénétrait toute et
semblait l'âme du printemps.

Comme cela eût été charmant d'être ensemble ! Mais, qui sait, sans doute aurions-nous moins joui de l'avril nouveau car nous aurions été presque tout l'un pour l'autre, et même aurions nous cru, tant notre amour est jeune et vigoureux que la forêt n'était belle et lumineuse que parce qu'il y passait, et qu'après tout, c'était peut-être un peu nous, le printemps !

❦ Les châteaux en ruines, les bois à l'automne, les crépuscules bleus, les étoffes passées, les mots dits à voix basse et le feu qui s'éteint ont un charme, le même, celui très doux et triste des fleurs fanées.

❦ Les femmes aiment à plaire . Ce n'est souvent ni pour être coquettes, ni dans l'espoir de se faire aimer, ni pour l'orgueil léger que cause un compliment. C'est simplement pour le plaisir de plaire!

❦ La coquetterie existe chez les hommes . Elle naît par émulation . Que de fois, telle femme qui eût passé auprès de certains sans même qu'ils la remarquent, devient immédiatement la reine d'une soirée parce que l'un d'entre eux l'a entretenue un long instant .

ℂ   Les femmes sont en général ja-
louses les unes des autres pour des raisons
strictement personnelles, les hommes seulement par rapport à une femme.

ℂ   Les hommes peuvent-être jaloux
les uns des autres quelques heures par la
seule présence d'une femme qu'ils n'avaient
jamais vue.

ℂ Seulement, les femmes se jalou-
seront l'une l'autre et demeureront enne-
mies et, chez les hommes, plusieurs se
coaliseront contre un seul, celui qui fut
privilégié un moment.

ℂ Avoir eu des filles, est-ce là un
acheminement pour l'homme qui prendra
une vierge ?

❦ Pourquoi ridicule et odieuse l'union de deux êtres vierges ? Je songe au bonheur étrange et merveilleux de découvrir les caresses, de posséder tout entier, dans son cœur et dans sa chair , l'être que l'on désire , sans souvenirs avilissants . L'homme doit-il donc *apprendre* ? Pauvre amour alors que le sien ...

❦ Tous les hommes et la plupart des femmes raillent un semblable souhait. Ils ne sont pas égoïstes ...

❦   Aucun sentiment ne doit paraître ridicule quand l'être qui le ressent souffre par lui.

❦   Se dire : il a embrassé presque ainsi , il a eu ce visage , ces yeux fermés , il a murmuré d'autres noms que le mien , et pourtant , on ne l'aimait pas .

⚏   Pourquoi une femme est-elle plus jalouse des maîtresses passées de son mari dont elle connaît le nom , et moins des autres ?

⚏   Mais se dire aussi : il m'a préférée , il n'a jamais connu un tel abandon, une telle confiance , il n'a jamais donné son cœur et enfin , cette caresse , il l'ignorait ! . . .

℃ Se résigner, pardonner, oublier, c'est plus sage. Est-ce *mieux* ?

℃ Connaître l'absolue sécurité de la pensée, comme celle du cœur...

❡ Une honnête femme . Quelle définition exacte peut accompagner cette formule ? Que de femmes, déguisant leurs trahisons d'un nom moins austère , sont convaincues de « leur droit à l'amour » et combien malgré cela , croient qu'elles ne sont pas des honnêtes femmes ?

❡ L'amour est souvent pareil aux trains . Pour entrer dans une gare, il faut attendre qu'un autre en soit sorti.

¶ Prétendre que l'amour peut naître d'un coup de foudre, c'est calomnier l'amour. Une sympathie, un désir, soit. Mais, comment *s'aimer* sans se connaître ?

¶ Il y a toujours un petit sentiment d'orgueil au commencement de tout amour féminin. On se dit : « Personne ne le comprend. On le croit léger, frivole ou déloyal. Mais moi, j'ai deviné sa nature véritable. »

On ajoute, il est vrai : « Je l'aimerai davantage d'être méconnu. »

❦ Qui donc me recontait un jour l'histoire de ce roi libertin réprimandé par son confesseur et qui fit servir à celui - ci pendant un certain temps des grives à tous ses repas .

Sur quoi , le confesseur éploré alla se plaindre au roi :

« Ah ! Sire , lui disait - il , des grives , toujours des grives , rien que des grives !...

— Et vous voudriez, mon père, que je passe ma vie à répéter :

« Oh ! la reine ! toujours la reine ! rien que la reine ! »

On a souvent invoqué cette histoire à propos du mariage. Elle n'est pourtant concluante que sur un point : C'est que la reine ne sut être que grive, au lieu de se montrer à propos, agneau, grive ou faisan !

❧ Les premières amours de l'homme, malgré tous les élans poétiques dont il les auréole , ne sont au fond que désirs de jeune animal .

Le premier amour d'une jeune fille ne s'adresse qu'à la possible incarnation de ses rêves et de ses espoirs .

❦ Il est bon de n'être parfois que de jeunes animaux, cabrés, sains et farouches, ivres de rires dans la nuit.

❦ L'amour n'est jamais vil, jamais grossier ni triste ; l'amour, comme l'art, ne s'inquiète pas s'il est des gestes permis. Il est libre, moqueur et triomphant comme le rire, comme la santé, comme la vie !

❦ Éprouver au même moment le même désir, c'est le secret du bonheur.

Désir de travail, de sommeil, de tendresse ou de folies, désir des soirées bruyantes parmi la foule, des heures où l'on oublie de vivre à lire des Poètes, désir de mers retentissantes sous un soleil plus chaud, désir d'espace ou de baisers. Et surtout, par delà les bonheurs désirés en commun, les minutes sacrées où l'on s'est trop aimé pour savoir se le dire, où, courbés par la toute-puissance de l'Amour,

on n'a trouvé , pour l'adorer , que la
litanie mystérieuse du Silence . . . . .

Achevé

d' imprimer

le cinquième jour

d' Avril MCMXI

sur les presses de

LA BELLE ÉDITION

71, RUE DES SAINTS-PÈRES, 71

PARIS